1910 Décembre 12

VENTE

des Lundi 12 et Mardi 13 Décembre 1910

HOTEL DROUOT, SALLE N° 10

[illegible]

OBJETS D'ART

ET DE

VITRINE

Boites, Bonbonnières [illegible] Louis XV et Louis XVI

BIJOUX [illegible]

COLLECTION D'[illegible] [illegible]QUES

[illegible]

TABLEAUX - DESSINS

Meubles Anciens et de Style

FOURRURES - TENTURES - TAPIS

Me GASTON FRANÇOIS
COMMISSAIRE-PRISEUR

M. ARTHUR BLOCHE
EXPERT PRÈS LA COUR D'APPEL

MPRIMERIE
C. CHAUFOUR
6-8, RUE MILTON
PARIS

CATALOGUE

DES

OBJETS D'ART

ET DE

VITRINE

PORCELAINES, FAIENCES, BRONZES, SCULPTURES
BELLES PENDULES ÉPOQUES LOUIS XV ET Ier EMPIRE

Boites, Tabatières, Étuis, Nécessaires, Émaux
Époques Louis XV et Louis XVI

BIJOUX ANCIENS & MODERNES

Collection d'Emblêmes et d'Attributs Franc-Maçonniques
du XVIIIe siècle

TABLEAUX, DESSINS, GRAVURES

Meubles Anciens et de Style

Fourrures, Tentures, Tapis, Étoffes

DONT LA VENTE AURA LIEU

HOTEL DROUOT — SALLE N° 10

Les Lundi 12 et Mardi 13 Décembre 1910

A DEUX HEURES

Me GASTON FRANÇOIS
COMMISSAIRE-PRISEUR
23, *Rue Le Peletier*

M. ARTHUR BLOCHE
EXPERT PRÈS LA COUR D'APPEL
21, *Boulevard Haussmann*

CHEZ LESQUELS SE DISTRIBUE LE PRÉSENT CATALOGUE

EXPOSITION PUBLIQUE

Le Dimanche 11 Décembre 1910, de 2 heures à 5 heures 1/2

CONDITIONS DE LA VENTE

La vente sera faite expressément au comptant.

Les acquéreurs paieront *dix pour cent* en sus des enchères.

L'exposition mettant le public à même de se rendre compte de la nature et de l'état des objets, aucune réclamation ne sera admise une fois l'adjudication prononcée.

DÉSIGNATION

TABLEAUX

DESSINS, PASTELS, AQUARELLES

1 — A. G. Au Théâtre. Dessin rehaussé d'aquarelle.

2 — ALLONGÉ. Bords de rivière. Fusain.

3 — ANNA BARBRA VON ESCH. Allégories à l'histoire de Don Quichotte. Cinq peintures sur verre.

4 — APPIAN. Bords de rivière. Fusain.

5-6 — BARRIER (G.). Oiseaux morts. Deux aquarelles.

7 — BERTALL. La Conversation. Dessin. Cadre en bois sculpté.

8 — BOUCHER (Ecole de F.). Baigneuse. Dessus de porte encadré.

9 — CANALETTO (Ecole de). Vue de Venise.

10 — CHAPLIN (Ch.). Portrait de jeune fille.

Regardant de face, à peine vêtue d'une gaze retenue sur la gorge par un bouquet de roses. Signé à droite. Dessin rehaussé de couleur.

11 — CHARDIN (Ecole de). Corbeille de fraises, bouteille, verre et autres accessoires. Cadre bois sculpté.

12 — CHARDIN (Ecole de). Portrait de femme.

13 — CHARPENTIER (Attribué à). L'Heureuse mère.

14 — CHARPENTIER (Attribué à). Jeux innocents. Pendant du précédent.

15 — CHIFFLARD. Les Etangs. Fusain.

16 — COUTURE (T). Silène. Dessin. Etude. Signé du monogramme T. C.

17 — DELACROIX (Attribué à E.). Portrait du Maitre. Dessin au lavis.

18 — DESBORDES (L.). Fleurs.

19 — DIAZ (Attribué à). La Chaumière.

Abritée sous des arbres près d'une mare, avec paysanne cheminant.

20 — EDELFELT. Femme lisant. Dessin à la plume.

21 — FRAGONARD (Ecole de). Scène galante. Dessin rehaussé. Cadre en bois sculpté.

22 — FRAGONARD (Ecole de). Le Père mourant. Dessin rehaussé.

23 — HOLBEIN (École de). Portrait d'évêque en grand costume sacerdotal, tenant sa crosse et les mains jointes, en prière.

24 à 27 — HUET (Attribué à J.-B.). Scènes champêtres. Quatre charmantes compositions formant dessus de portes.

28 — JEANNIN. Fleurs.

29-30 — LANCRET (École de). Les Divertissements champêtres. Deux grands panneaux décoratifs.

31 — LARGILLIÈRE (École de). Portrait de gentilhomme à perruque, en riche costume de brocart.

32 — LARGILLIÈRE (Genre de). Portrait de femme au perroquet. Toile ovale.

33 — LEPRINCE (École de). La Toilette d'une grande dame. Allégorie de l'Été. Peinture dite vernis Martin, couleur sur fond à rocailles d'or. Forme cintrée avec encadrement en bois sculpté.

Doit provenir d'une chaise à porteurs.

34 — LEPRINCE et DESPORTES. Personnage allégorique près d'un monument élevé à Priape, entouré d'animaux.

35 — MARILHAT (P.). Étude. Aquarelle.

36 — MYRBACH. Allégorie aux Vendanges. Aquarelle.

37 — NATOIRE. Judit et Holopherne. Signé et daté 1768.

38 — OUVRIÉ (J.). Paysage. Dessin.

39 — OUVRIÉ (J.). Vue d'église. Dessin.

40 — PRUDHON. La Méditation. Symbolisée par une jeune femme assise sur un banc.

Quoique ce superbe dessin ait été longtemps attribué à Fragonard, nous pensons par sa facture qu'il est plutôt une des œuvres les plus agréables de Prudhon.

41 — PRUDHON (Attribué à). L'Amour mutin. Charmant panneau décoratif.

42 — RICHET (L.). Vue de la forêt de Fontainebleau. Aquarelle. Cadre en bois sculpté à mascarons.

43 — RIGAUD (attribué à). Portrait d'homme.

44 — VAN DER MEULEN. Scène de bataille sous Louis XIV.

45 — VAN HELMONT. Intérieur de cabaret.

46 — VAN LOO (École de). Portrait d'un acteur du XVIIIe siècle.

47 — VALLAYER COSTER (attribué à). Fleurs.

48 — WOUWERMAN (D'après). Halte espagnole.

49 — WOUWERMAN (D'après). Garde avancée de Hulans.

50 — WOUWERMAN (D'après). Divertissement de paysans hollandais. Trois gravures en noir.

51 — ÉCOLE ANCIENNE. Vase de fleurs.

52 — ÉCOLE ANCIENNE. La Visite à un malade.

53 — ÉCOLE ESPAGNOLE. Portrait de gentilhomme avec armoirie.

54 — ÉCOLE FRANÇAISE Ier EMPIRE. Le Baptême d'un amant. Scène d'intérieur.

55 — ÉCOLE FRANÇAISE DU XVIIIe SIÈCLE. Portrait d'homme représenté de profil. Dessin.

56 — ECOLE FRANÇAISE DU XVIIIe SIECLE Panneau décoratif.

57 — ECOLE FRANÇAISE. Portrait de jeune femme. Pastel.

58 — ECOLE ITALIENNE XVIIe SIECLE. Cascade.

59 — ÉCOLE MODERNE. Hussard allumant sa pipe. Petit tableau.

60 — ÉCOLE MODERNE. Paysage.

61 — ÉCOLE PRIMITIVE. La Vierge et l'Enfant. Cadre de style gothique.

62 — ÉCOLE PRIMITIVE. Le Baptême du Christ.

63 — ÉCOLE DE 1830. Fleurs.

64 — Album de gravures.

65-66 — Tableaux et dessins omis.

BIJOUX

67 — Bracelet composé de vingt-quatre brillants et de quarante-huit roses, monture argent et or.

68 — Bague rosace en brillants, monture or et platine.

69 — Bague formée de trois brillants, monture à griffes en or.

70 — Paire de boutons d'oreilles, brillants solitaires suspendus à des chatons en brillants montés à griffes sur platine.

71 — Bague d'homme en or ornée d'un très beau brillant.

72 — Deux boutons d'oreilles à vis en or et brillants.

73 — Bague en platine ornée d'un brillant solitaire.

74 — Paire de boutons brillants solitaires, montures or et platine.

75 — Sautoir en or et perles.

76 — Bague jonc en or avec brillant.

77 — Bague or avec brillant au centre.

78-79 — Deux montures de boucles d'oreilles en or et platine ornées de petits brillants.

80 — Glace de trousse en or à côtes.

81 — Porte-mine en or.

82 — Chronomètre à sonnerie avec boîte de chasse en or, à répétition, marquant les quantièmes du mois et les phases lunaires.

83-84 — Deux montres d'homme en or.

85 — Petite bourse de dame en or avec filets de style Louis XVI.

86 — Paire de boutons d'oreilles, perles fausses, montures or et platine.

87 — Chaîne en or, style Louis XVI, avec nécessaire comprenant glace et porte-mine.

88 — Collier en améthystes.

BOITES, ÉTUIS, NÉCESSAIRES

BIJOUX ANCIENS — IVOIRES

89 — Boîte plate et rectangulaire en or ciselé et de couleur à ornements, le centre du couvercle émaillé fond bleu. Ier Empire.

90 — Nécessaire en émail de Battersea fond blanc quadrillé d'or avec rose et tulipes en couleur et en relief, renfermant quelques ustensiles. XVIIIe siècle. Dans un étui en cuir gaufré.

91 — Boîte octogonale composée de camées finement sculptés offrant en bas-relief des sujets mythologiques et des paysages, monture à cage en argent. XVIIIe siècle.

92 — Boîte haute ovale en émail de Battersea fond rose Dubarry, avec médaillons à sujets mythologiques et à fleurs. XVIIIe siècle.

93 — Montre ballon en or émaillé Louis XVI. Cadran signé DUCHÈNE et fils.

94 — Boîte ovale en émail de Battersea fond quadrillé, avec sujets champêtres.

95 — Boîte rectangulaire, couvercle bombé fond vert à quadrillés fleuris blancs et médaillons à jetées de fleurs. XVIIIe siècle.

96 — Etui en émail de Battersea fond jaune avec fleurs et feuillages en couleur et en relief. XVIIIe siècle.

97 — Médaillon avec miniature : jeune femme jouant avec un chien, entourage en perles et roses. XVIIIe siècle.

98 — Figurine d'enfant en argent. XVIIe siècle.

99 — Figurine de petit Bacchus en buis. XVIIIe siècle

100 — Cadre octogonal doré et émaillé. XVIIe siècle.

101 — Boîte en écaille brune décorée de vases avec fleurs et feuillages imposée d'or. XVIIIe siècle.

102 — Miniature ovale sur ivoire: portrait de jeune femme blonde, buste décolleté. Ecole française du Ier Empire.

103 — Tabatière en argent. Travail russe.

104 — Icône russe représentant le Christ et les apôtres en peinture et argent repoussé. XVIIe siècle.

105 — Grand icône russe en argent et peinture représentant le Christ tenant l'Evangile en main. Cadre panne bleue.

106 — Bonbonnière en cuivre repoussé et argenté, décorée de scènes Moyen-Age.

107 — Grosse montre en cuivre du temps de Louis XIV.

108 — Tabatière en écaille ornée d'une miniature représentent une femme demi-nue couchée et drapée.

109 — Garniture de vingt-quatre gros boutons et seize petits en strass.

110 — Pièce de maîtrise en argent représentant sur un double socle une oie dont le corps est formé d'une grosse perle en nacre.

111 — Petite aiguière en argent ciselé et doré, décor à personnages. Style Renaissance.

112 — Etui ancien en filigrane d'argent.

113 — Petit flacon en argent ciselé et doré. Travail vénitien.

114 — Peigne en argent doré.

115 — Petite corbeille à anse en argent filigrané.

116 — Manche d'ombrelle en bois d'amourette pommeau en argent doré.

117-118 — Lot de bijoux argent et pierreries.

119 — Coupe-papier en jade blanc finement sculpté à jour, dessins aux dragons, monture enrichie de pierreries.

120 — Deux médaillons en marbre rouge antique avec bas-reliefs en bronze ciselé et doré : bustes de Marie-Antoinette et de Marie-Louise.

121 — Flacon en verre à rehauts d'or, décor à fleurs et fruits, XVIIe siècle.

122 — Boîte quadrangulaire en écaille, décor oiseaux et plantes laqués de Chine.

123 — Boîte rectangulaire.

124 — Etui en vernis martin décor à personnages, XVIIIe siècle.

125-126 — Deux étuis à cigares : l'un peinture laquée à sujet galant du XVIIIe ; l'autre à plaques de nacre sculptée en relief avec sujet : Vénus au bain.

127 — Poisson en cornaline.

128-129 — Trois poissons en cornaline.

130 — Chien en cornaline.

131 — Coq et poule en cornaline.

132 — Groupe ivoire : ouvriers japonais.

133 — Grande geisha ivoire avec parasol.

134 — Groupe ivoire : personnages japonais avec panier.

135 — Grande statuette ivoire : dignitaire japonais.

136 — Cylindre en ivoire décor à feuillages et caractères.

137 — Geisha ancienne en ivoire tenant un chien.

138 — Boîte à thé de la Chine.

139 — Miroir Japonais en bronze.

140 — Petit album couvert métal et pierres.

141 — Etui avec peinture camaïeu.

142 — Petit bronze romain.

143 — Manche d'ombrelle en ivoire : chimère surmontée d'une boule.

144 — Six netzkés ivoire.

145-150 — Objets divers de vitrine (seront divisés).

ATTRIBUTS FRANC-MAÇONNIQUES

151-200 — Collection d'emblêmes franc-maçonniques du XVIIIe siècle, comprenant :

Cinquante quatre rubans avec emblêmes, broderies et inscriptions.

Trente tabliers des plus intéressants.

Cinq morceaux d'étoffe.

Quarante huit bijoux enrichis de pierreries, attributs franc-maçonniques des dignitaires de tous ordres et de tous rangs.

Cette collection, vu son très grand intérêt d'ensemble, pourra être vendue en un lot ou sera divisée.

ARMES

201 — Grande rondache orientale en fer forgé et gravé.

202 — Rapière à sous garde pleine en fer forgé large lame, Espagne XVIIe siècle.

203 — Fusil de chasse époque Louis XV, batterie à silex en fer ciselé, canon signé de Lazarino Cominazzo, ornements en cuivre ciselé et doré.

204 — Fusil double de chasse, batteries à silex du XVIIe siècle canon signé Boutet à Versailles.

205-206 — Carabine et deux pistolets d'origine allemande XVIIe siècle.

PORCELAINES, FAIENCES

207 — Grand vase en ancienne porcelaine de Chine craquelée à dessins bleus.

208 — Vase en ancienne porcelaine de Chine décor à fleurs en bleu sur blanc.

209 — Bouteille en ancienne porcelaine de Chine fond rouge.

210 — Potiche en ancienne porcelaine de Chine, décor à fleurs sur fond jaune.

211 — Jardinière en ancienne porcelaine de Chine, décor à fleurs en bleu sur blanc.

212 — Potiche Ming.

213 — Grand vase en ancienne porcelaine de Chine, décor à paysage.

214 — Potiche couverte en ancien céladon de Chine.

215 — Brûle-parfums en ancienne porcelaine de Chine, couvercle surmonté d'une chimère.

216 — Paire de porte-lumières en ancienne porcelaine de Chine,

217 — Bouddha en ancienne porcelaine de Chine bleue turquoise.

218 — Magot en ancienne porcelaine de Chine, décor polychrome.

219 — Assiette en ancienne porcelaine de Chine, décor à fleurs sur fond jaune.

220 — Petit piton, décor à paysage.

221 — Petit vase quadrangulaire en porcelaine de Chine.

222 — Figurine en porcelaine : Jeune paysanne portant des fruits.

223 — Tête-à-tête en porcelaine de Paris Premier Empire, composé de cinq pièces, décor à paysages avec figures en grisaille rehaussée d'or.

224 — Paire de vases en porcelaine décorée, genre de Sèvres.

225 — Verre d'eau avec plateau en cristal et glace, monture en bronze doré.

226 — Jardinière de surtout en porcelaine d'Allemagne : Femme présentant une corbeille.

227 — Groupe en biscuit : Sujet mythologique.

228 — Cinq assiettes en faïence hispano-mauresque à reflets métalliques.

229 à 234 — Vingt assiettes en porcelaines et faïence ancienne de Delft, Chine et Japon, décor en bleu. (Seront divisées).

235 — Quatre figurines : Soldats de l'Empire, en biscuit.

SCULPTURES

236 — Tête de femme avec coiffe, sculpture sur pierre. Travail attribué au Moyen-Age.

237 — Buste en marbre : La Princesse de Lamballe.

238 — Tête de personnage en bois sculpté et peint. Travail ancien.

239 — Buste en marbre : Diane.

240 — Lion de Lucerne en bois sculpté.

241 — Deux bas-reliefs : Têtes d'homme et de femme en plâtre émaillé, d'après L. DELLA ROBBIA.

242 — Cruche en terre cuite à trois anses.

243 — Petit groupe en marbre : Deux têtes d'enfants.

244 — Groupe de deux Amours en marbre.

245 — Buste de fillette en marbre.

246 — Pendule en marbre noir.

BRONZES. PENDULES

OBJETS DIVERS

247 — Belle pendule d'aspect architectural formée par un groupe en bronze doré d'enfants symbolisant l'Eté et l'Automne, près d'un cerf attaqué par des chiens avec un singe renversé près de l'un d'eux, sur un terrassement à rocailles abrité par un monument couronné par un singe tenant un oiseau menacé par deux dragons en furie s'arc-boutant aux rocailles ; le cadran est signé, J. Bresta, à Paris. Le socle de forme cintrée en bois laqué vert est disposé pour contenir une musique ; il est enrichi d'ornements en bronze doré. Époque Louis XV.

248 — Jolie pendule en bronze ciselé et doré représentant une femme drapée assise à l'orientale supportant dans ses deux mains et sur sa tête le mouvement couronné par un trophée de carquois et d'arc. Époque Premier Empire.

249 — Beau groupe en bronze : La Défense nationale, de GUSTAVE DORÉ, sur socle en marbre.

250 — Statuette en bronze : Ganimède.

251 — Statuette en bronze : Mignon, de Carlier.

252 — Deux gaînes en marbre rouge.

253 — Pendule en marbre noir.

254 — Deux statuettes de guerriers en bronze.

255 — Deux porte-allumettes et un étrier mexicain en cuivre.

256 — Statuette ancienne de Faune en bronze, socle en marbre.

257 — Pendule Empire en bronze doré, surmontée d'un enfant nu, jouant aux quilles.

258 — Pendule Empire en bronze doré à quatre colonnes supportant le fronton et le cadran.

259 — Paire de girandoles, style Empire, en bronze doré.

260 — Deux chenets en bronze ciselé de style Louis XVI.

261 — Paire de girandoles à cinq lumières, en cuivre poli. Style Renaissance.

262 — Paire d'appliques de style Louis XVI en bronze doré.

263 — Bas-relief en bronze doré : L'Amour et Psyché, sur fond de velours rouge.

264 — Deux flambeaux en bronze, décor à chimères enroulées.

265 — Bas-relief en bronze : Ecce Homo, sur bois.

266 — Encrier en bronze.

267 — Deux grands plats en cuivre repoussé, décor à personnages.

268 — Mouvement ancien de pendule renfermé dans un coffre de velours bleu clouté.

269 — Bénitier en cuivre.

270 — Deux flambeaux en cuivre.

271 — Jardinière à deux anses et quatre pieds en bronze et émail cloisonné de la Chine, avec couvercle surmonté d'un dragon en bronze doré.

272 — Grand brûle-parfums tripode en bronze de la Chine avec anses et couvercle à chimère.

273 — Canard porte-tabac en bronze du Japon.

274 — Petit brûle-parfums avec couvercle en bronze.

275-276 — Douze plats en émail cloisonné de l'Extrême-Orient, décors variés.

(Seront divisés).

277 — Pendule en faïence gros bleu et métal.

278 — Bidon de cantinière de la Première République.

279 — Mallette en bois peint à fleurs sur fond vert. XVIIIe siècle.

MEUBLES

280 — Commode en marqueterie hollandaise ouvrant à trois tiroirs avec tablette débordante, poignées et entrées de serrures en cuivre repoussé. XVIIIe siècle.

281 — Grande glace biseautée, cadre en bois sculpté et doré, décor à fruits, fleurs et draperies. Epoque Louis XIII.

282 — Beau bureau ouvrant à cylindre, en bois de rose orné de marqueterie de bois de violette, décor à pastorale; il offre à l'intérieur de nombreux tiroirs, dont deux à secret; ornements en bronze doré; dessus en marbre vert de mer avec galerie de cuivre. Epoque Louis XVI.

283 — Petite table forme cœur décorée d'un sujet galant, posant sur trois pieds reliés par une tablette d'entrejambe. XVIIIe siècle.

284 — Coffre à secret en chêne, garnitures en fer forgé, découpé à jour et gravé XVIIIe siècle.

285 — Grande commode demi-lune, en bois de rose orné de marqueterie. Style Louis XVI.

286 — Chiffonnier en acajou de style Louis XVI ouvrant à sept tiroirs ; dessus en marbre.

287 — Bureau bonheur du jour, style Louis XV, en marqueterie de bois à fleurs orné de bronzes dorés.

288 — Coffre à bijoux en bois de thuya et palissandre ouvrant à nombreux tiroirs, posant sur quatre pieds; ornements en bronze. Style Louis XVI.

289 — Salle à manger en bois sculpté de style Louis XV, composée d'un buffet à deux corps, une desserte, un meuble argentier, une table à allonges et dix chaises.

290 — Table de salon de style Louis XVI, en bois de rose ornée de bronzes dorés.

290 — Petite table bureau ornée de bronzes, de style Louis XVI.

291 — Petite vitrine de style Anglais.

292 — Petite table ronde à deux étagères avec galeries cuivre.

293 — Chiffonnier en marqueterie à fleurs et bois de rose, à tirette. ouvrant à trois tiroirs avec portes dans le bas.

294 — Beau meuble à deux corps d'aspect architectural en poirier noirci sculpté renfermant un coffre-fort de *Fichet.*

295 — Table bureau en bois noir avec tiroirs.

296 — Fauteuil de bureau en bois noir recouvert en velours rouge.

297 — Ameublement de chambre à coucher en palissandre composé d'un lit avec sommier, une armoire à glace et une table de nuit.

298 — Deux chaises chauffeuses en bois noir.

299 — Table ancienne acajou à volets.

300 — Petite table à ouvrage à volets et à deux tiroirs en palissandre ciré.

301 — Bergère de style Louis XV couverte en soierie.

302 — Fauteuil canné de style Louis XIV.

303 — Petit secrétaire de poupée, marqueté à dessus marbre rouge.

304 — Horloge à gaîne en bois sculpté, cadran en étain.

305 — Table à ouvrage en acajou à filets de cuivre.

306-307 — Deux meubles à hauteur d'appui en marqueterie de cuivre et d'écaille.

308 — Jardinière de style Louis XVI, en bois laqué.

309 — Meubles courants et de fantaisie (Sera divisé).

FOURRURES ÉTOFFES

TAPIS TENTURES

310 — Manteau en loutre col chinchilla.

311 — Huit bandeaux en filet.

312 — Store en filet.

313 — Deux rideaux de vitrage en filet.

314 — Desus de lit en filet.

315 — Deux paires de grands rideaux de fenêtres en étoffe de laine rouge.

316 — Dessus de lit en même étoffe.

317 — Paire de rideaux en velours rouge.

318 — Paire de rideaux en satin vert.

319 — Grand tapis persan.

320 — Tapis ancien de la Perse.

321 — Petit tapis de prière persan.

322 — Tapis d'Aubusson à fleurs.

323 — Tapis ancien de la Perse dessin polychrome.

324 — Petit tapis ancien de la Perse, dessin polychrome.

325 — Couvre lit en ancienne broderie de soie portugaise sur toile.

326 — Couvre lit ancien en borderie. Travail portugais.

327 — Tapis ancien du Daghestan.

328 — Banderolle en soie bleue brodée d'or, dessin à attributs franc-maçonniques.

329 — Objet omis.

PARIS - IMP. C. CHAUFOUR
8 & 10, RUE MILTON

www.ingramcontent.com/pod-product-compliance
Ingram Content Group UK Ltd.
Pitfield, Milton Keynes, MK11 3LW, UK
UKHW032010260826
14628UKWH00005B/2391

9 782329 381718